LE

TIMBRE RIANCEY

PAR

GUSTAVE CLAUDIN.

> Nous parlerons contre les *lois insensées* jusqu'à ce qu'on les réforme, et en attendant nous nous soumettrons aveuglément. (DIDEROT.)

Prix : 35 centimes.

A PARIS

Chez DUMINERAY, Libraire, 52, rue Richelieu,

PASSAGE BEAUJOLAIS.

1850.

LE

TIMBRE RIANCEY.

LE

TIMBRE RIANCEY

PAR

Gustave CLAUDIN.

Nous parlerons contre les *lois insensées* jusqu'à ce qu'on les réforme, et en attendant nous nous y soumettrons aveuglément. (Diderot.)

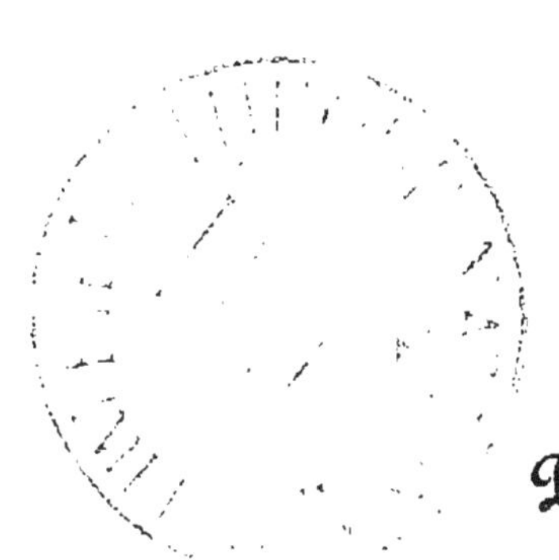

Prix : 35 centimes.

A PARIS

Chez DUMISSERAY, Libraire, 52, rue Richelieu,

PASSAGE BEAUJOLAIS.

—

1850.

LE

TIMBRE RIANCEY.

Nous parlerons contre les *lois insensées* jusqu'à ce qu'on les réforme, et en attendant nous nous y soumettons aveuglément. (DIDEROT.)

Respect profond pour les hommes !

Guerre acharnée à leurs doctrines !

Ceci n'est point un pamphlet, mais bien la plainte légitime d'un des nombreux hommes de lettres pour lesquels, grâce à la nouvelle loi sur la presse, la liberté d'écrire et jusqu'à un certain point l'existence deviennent un problème. Mon but est de protester au nom des lettres contre le coup de massue que l'Assemblée législative, à l'instigation de M. de Riancey, vient de porter aux œuvres inoffensives de l'esprit et de l'imagination.

Mais pour arriver à ce but, il me faut discuter un à un les motifs qui ont déterminé l'Assemblée législative à prendre cette incroyable résolution. C'est là, je ne me le dissimule pas, une tâche fastidieuse : aussi d'avance l'ingratitude de mon sujet réclame-t-il en sa faveur l'indulgence de tous ceux qui me feraient l'honneur de me lire.

La nouvelle loi, malgré ses nombreux articles, n'est que la résurrection de toutes les anciennes entraves de la Restauration et de la Monarchie de juillet contre les libertés de la presse. Elle ne contient en fait d'innovations que les amendements imaginés par M. de Tinguy et M. de Riancey.

Je ne m'occupe que de l'amendement Riancey, qui soumet tout journal publiant un *roman-feuilleton* à un timbre extraordinaire de UN centime par exemplaire.

Cet impôt sera-t-il classé au budget parmi les impôts directs ou indirects? J'ignore, à cet égard, l'intention de M. le ministre des finances; quant à moi, sans hésiter, je le range parmi les impôts injustes et absurdes.

Le timbre sur les journaux, tel qu'il existait autrefois et tel que la loi nouvelle le rétablit, peut être justifié par des raisons acceptables. Ceux qui l'abolirent en février disaient : « que timbrer un journal, c'était attenter à la dignité de la pensée, cette partie divine de l'homme. » A leurs yeux, la pensée était une vierge qui portait une robe blanche de laquelle on devait écarter toute souillure, même le stigmate du timbre. Il y avait dans ce raisonnement plus de poésie que de logique; car enfin si pour l'écrivain le journal est un miroir qui réflète sa pensée, un écho qui répète ses paroles; pour l'actionnaire qui n'écrit pas, mais qui touche son dividende, le journal n'est qu'une valeur industrielle, imposable comme les autres valeurs. Et puis à ce compte-là, les colonnes des *Petites-Affiches* jouissaient de la même considération, du même prestige, des mêmes priviléges que la plus belle prose de Chateaubriand, égalité choquante, même sous la République.

Mais quant à ce timbre spécial que M. de Riancey applique sur le roman-feuilleton, je défie tous les logiciens de la terre de le justifier par l'ombre d'un motif, à moins toutefois qu'on ne prenne pour des motifs les arguments employés par M. de Riancey et son collègue, M. Athanase Coquerel, dans la séance de l'Assemblée législative du 15 juillet dernier, en faveur de cette exorbitante mesure, arguments dont je vais de suite discuter la valeur.

M. de Riancey, dans cette occasion mémorable, s'exprimait ainsi (*Moniteur officiel du 16 juillet)* :

« *L'impôt d'un centime que je demande porte* » *sur une industrie qui déshonore la presse... Vous* » *savez ce que c'est que cette littérature bâtarde...* »

Voilà le début éloquent de M. de Riancey. Ainsi, MM. de Chateaubriand, Lamartine, Scribe, Méry, Alexandre Dumas, de Balzac, Eugène Sue, Jules Janin, ont déshonoré la presse. Moi, jusqu'à présent, j'avais entendu dire par les lecteurs et par les critiques (car il y en a encore, n'en déplaise à M. Coquerel) que tous ces noms avaient illustré la presse et enrichi la littérature. Il paraît que le public et les critiques se trompaient. Néanmoins, ils persévèreront dans cette opinion, malgré leur dissidence avec M. de Riancey.

Quant aux distinctions que ce dernier serait tenté de faire entre les écrivains que je viens de citer, il me permettra de ne pas les admettre ; car, puisqu'à l'*avenir* ils sont tous frappés par le timbre, j'en conclus que dans le *passé* ils ont tous été coupables, *patere legem quam ipse fecisti.*

Toujours selon M. de Riancey : « *Le roman-feuilleton est un poison subtil qui s'est introduit jusque dans le sanctuaire de la famille. En outre, c'est une industrie très productive ; car sans faire allusion à personne, les rois du feuilleton ont souvent fait des fortunes princières. Eh bien, il serait juste d'atteindre ces fortunes dans leur source.* »

C'est au nom de la morale d'abord, puis au nom de la plus juste répartition de l'impôt que M. de Riancey s'élève contre le roman-feuilleton. Il s'érige à la fois en *moraliste* et en *financier*, et pour mettre fin à ce déplorable état de choses, il propose comme remède d'apposer un timbre d'UN centime sur chaque feuilleton.

Deux mots suffiront pour prouver que dans cette occasion M. de Riancey ne s'est pas montré plus fort en morale qu'en finance.

Je discute d'abord sa capacité financière.

Par ces mots : *rois du feuilleton arrivés à une fortune princière*, M. de Riancey désignait naturellement son collègue, M. Eugène Sue. Or, faisons de suite à ce dernier l'application du centime additionnel.

Si M. Eugène Sue vend demain au journal le *Constitutionnel* un roman en deux cents feuilletons, le *Constitutionnel*, qui tire à quarante mille exemplaires, devra verser au timbre deux cents fois quarante mille centimes, soit quatre-vingt mille francs.

J'imagine que cette somme ne sera point retenue à M. Eugène Sue, par la raison qu'elle sera supérieure au prix d'acquisition de son œuvre. Elle sera donc payée par les abonnés par suite d'une augmentation du prix du journal, ou supportée par le journal lui-même. Or, dans un cas, pas plus que dans l'autre, on n'atteindra la fortune princière de M. Eugène Sue. Mais, dira-t-on, je feins de ne pas comprendre; l'obligation du timbre réduira le prix exagéré des œuvres de M. Sue à leur juste valeur. Je ne veux point prêter une pareille intention à M. de Riancey, car elle serait odieuse et dépasserait de mille coudées l'impôt progressif, et tout ce que la Montagne elle-même a jamais proposé en matière de finances. Et puisque je vais au fond des choses, je dois dire que M. Sue et tous les écrivains ont aussi leur fierté. Ils subissent la persécution, mais ne supporteraient pas l'humiliation.

J'ai choisi pour exemple un des rois du feuilleton; maintenant procédons à l'application du centime additionnel à l'un de ces nombreux hommes de lettres auxquels on fait parfois l'honneur d'ouvrir pour un ou deux jours les colonnes du journal. Une nouvelle en un seul feuilleton se paie, terme moyen, vingt-cinq francs. Or, le *Constitutionnel*, pour un feuilleton de vingt-cinq francs, ira-t-il se mettre dans la nécessité de verser au timbre quarante mille centimes, c'est-à-dire quatre cents francs? Il se gardera bien de le faire, et à l'avenir refusera sans pitié à tous les talents naissants le salutaire appui de son immense publicité.

J'arrive maintenant à chercher en quoi l'amendement de M. de Riancey est salutaire à la morale publique.

Soumettre au timbre sans distinction toutes les productions futures de l'esprit, c'est faire de la *fiscalité* et non de la *morale*. Avec ce système, si demain deux œuvres, l'une suave comme *Paul et Virginie*, l'autre impudique comme *Justine*, allaient simultanément germer dans une jeune imagination, qu'arriverait-il? C'est que la loi nouvelle n'admettrait pas de différence entre elles, ce qui n'est ni juste ni moral; et si, ce qui n'est pas impossible, un rédacteur de journal allait préférer l'œuvre impudique, permis à lui de la publier en se soumettant au timbre. Quant à la défense que pourrait faire l'autorité de continuer la publication de l'œuvre, ce droit pour elle ne découle pas de la nouvelle loi, mais bien d'une autre loi qui existe depuis longtemps, et dont elle a eu tort de ne pas faire usage, si les ravages produits par les romans-feuilletons sont aussi graves que M. de Riancey s'est plu à le dépeindre à la Chambre.

Je crois avoir dit, à propos de l'argumentation de M. de Riancey, tout ce qu'il y avait à dire. Eh bien, malgré cela, je ne découvre pas en quoi le timbre additionnel pourra profiter à la morale. Aussi, je laisse à un plus perspicace et plus clairvoyant que moi la tâche embarrassante de me le démontrer.

Parmi sept cent quarante-neuf collègues, M. de Riancey n'en trouva qu'un seul pour soutenir à la tribune son amendement, et ce collègue fut M. Coquerel, pasteur protestant. Que signifie cette rencontre du prêtre hérétique et du catholique intolérant sur le chemin de la persécution? C'est un mystère que je ne me charge pas d'expliquer.

Les motifs développés par M. Coquerel sont dignes à tous égards de figurer à côté de ceux de M. de Riancey. M. Coquerel (j'ai analysé son discours au *Moniteur officiel*) a soutenu l'amendement, d'abord au point de vue de la morale, c'est convenu ; ensuite au nom de la concurrence commerciale ; enfin au nom de la critique littéraire, étouffée par le roman-feuilleton. En soumettant, a-t-il dit, le roman-feuilleton au timbre, on forcera les auteurs à renoncer à ce mode de publication ; ils écriront des volumes, et viendront ainsi au secours de la librairie souffrante. D'où je conclus que M. Coquerel ne tient pas précisément à mettre un terme aux publications immorales ; il désire seulement qu'à l'avenir les libraires aient leur part dans les bénéfices. Cette morale est vraiment curieuse, et désormais quand on se trouvera en présence d'une conscience dépravée, d'un esprit corrompu, il faudra s'informer avec soin de quelle manière *le poison subtil* (j'emprunte ici l'élégante expression de M. de Riancey) aura été inoculé ; car, si on l'a puisé dans un feuilleton, M. Coquerel condamne ; mais, en revanche, il donne l'absolution si on est allé le chercher dans un cabinet de lecture.

Toujours selon M. Coquerel, les débutants n'auront pas à souffrir de la mesure du timbre ; au lieu de feuilletons, ils écriront un volume, et le porteront à un éditeur. Je pardonnerais une telle erreur à un homme qui n'aurait jamais publié d'ouvrages, mais à M. Coquerel je ne le puis vraiment. Il sait tout aussi bien que moi comment un pauvre auteur inconnu sera reçu par un éditeur, s'il a oublié de mettre dans sa poche un billet de 500 francs. Depuis longtemps l'éditeur est un satrape qui n'opère qu'avec des noms connus, et qui se soucie fort peu de tendre la main aux petits ; tandis qu'au contraire la place du journal appelée *feuilleton* était pour les talents naissants une serre chaude qui leur permettait de grandir, une sorte d'Eden sur la porte duquel les rédacteurs en chef, en mémoire de leurs souffrances passées, avaient écrit ces saintes paroles du Christ : *Sinite parvulos venire ad me.*

Enfin dans cette persécution dirigée contre le roman-feuilleton, M. Coquerel voyait un moyen infaillible de restauration pour la critique littéraire, genre de littérature fort négligé de nos jours. Je gage que M. Coquerel n'a pas trouvé que les journaux eussent dit assez de bien des ouvrages qu'il a publiés. Ce motif seul a pu lui faire dire que le genre critique fût tombé en désuétude. Jamais peut-

1...

être la critique littéraire n'a été plus brillante qu'aujourd'hui.

M. de Sainte-Beuve, qui pourrait certes se reposer sur ses lauriers, publie chaque semaine un long article de critique littéraire dans le *Constitutionnel*. M. Jules Janin, ce spirituel successeur de Geoffroy, écrit dans le *Journal des Débats* un feuilleton littéraire tous les lundi, dans lequel les œuvres dramatiques du Théâtre-Français sont analysées avec le plus grand soin ; en outre, ce même journal ne voit point paraître un ouvrage sérieux sans lui consacrer, s'il en est digne bien entendu, un article savant, substantiel et consciencieux. Les autres journaux suivent cet exemple. La *Revue des Deux-Mondes* ne manque pas non plus à ce devoir. La vérité est donc, non pas que la critique littéraire est morte, mais qu'elle ne sait où trouver des ouvrages dignes de ses savantes appréciations. Mais est-ce la faute des romanciers, et est-il juste de les rendre responsables de la stérilité des chefs-d'œuvre? M. Coquerel voudrait-il par hasard qu'on recommençât à critiquer les grands maîtres, à retourner les fastidieuses déclamations de La

Harpe et de l'abbé d'Olivet? C'est pour le coup que la pauvre librairie pourrait se faire administrer l'extrême-onction.

Décidément M. Coquerel a commis une grande imprudence. Il n'aurait pas dû oublier qu'étant représentant de Paris, où tant de gens vivent de l'esprit qu'on leur suppose, ou qu'ils croient avoir, il ne devait pas se faire le promoteur d'un impôt exclusivement perçu sur l'esprit; mais bien suivre l'exemple de ses confrères de la Gironde, de la Bourgogne et de la Champagne, qui veulent affranchir les produits de leurs départements et abolir l'impôt des boissons.

En présence de cet acte d'hostilité dirigé contre les lettres, deux représentants auxquels nous devons une éternelle reconnaissance, prirent la défense de la littérature. Ces deux représentants sont: M. de Chasseloup-Laubat, *rapporteur de la loi*, et M. Emile de Girardin.

M. de Chasseloup-Laubat rejetait l'amendement de M. de Riancey, par la raison que la critique littéraire, quoique très-savante en France, n'a pas encore trouvé, et ne trouvera certainement jamais la ligne de démarcation précise qui sépare le roman-feuilleton des autres récits qu'on appelle légende historique et roman historique. Quelque étroites que soient, malheureusement pour moi, les ressources de mon esprit, je me charge de composer quand on voudra une œuvre littéraire conçue de telle sorte qu'il sera impossible à MM. de Riancey et Coquerel, malgré leur immense sagacité, de décider si elle constitue oui ou non, un roman-feuilleton.

M. de Girardin à son tour fit justice en peu de mots des arguments de ses adversaires, et leur démontra avec une précision algébrique que le timbre proposé, non-seulement n'était pas une pensée morale, mais qu'encore, puisqu'on ne prohibait pas la publication pourvu qu'on payât, on arrivait à cette conséquence indéniablement immorale, de rendre l'Etat complice intéressé des attentats portés à la morale publique.

Il ne fut point écouté

Mais M. de Girardin n'en a pas moins l'honneur d'avoir été le seul dans l'Assemblée législative qui ait défendu l'esprit, l'intelligence et l'imagination, contre les bourreaux qui veulent les étouffer. C'est une belle page de plus à ajouter aux fastes de sa vie parlementaire.

Quant aux romanciers et aux poëtes qui siégent à l'Assemblée législative, ils se sont tus. Je leur demanderai pourquoi. C'était, ce me semble, une excellente occasion pour nos poëtes, qui ont délaissé les hauteurs du Parnasse pour trôner sur le mamelon de la tribune, et quitté la société des muses pour faire partie des commissions, de dire quelques mots en faveur de la littérature, et de ne pas la laisser égorger devant eux, sans protester autrement que par leur vote.

Tel est le compte-rendu exact des débats soulevés à l'Assemblée nationale par l'amendement de M. de Riancey. J'ai, avec une impartialité sincère, pesé une à une les raisons qu'on a fait valoir, et maintenant plus que jamais je soutiens qu'on a mis la morale en cause, mais qu'au fond on n'a rien fait en sa faveur.

Et puisque me voilà enfin sorti de cette fastidieuse analyse, je vais dire librement ce que je pense de la loi.

Je hais autant que MM. de Riancey et Coquerel les livres immoraux; je désire aussi ardemment qu'eux voir la littérature abandonner le sentier fangeux dans lequel certains hommes l'ont poussée. Mais pour opérer ce retour vers le bien, il fallait proposer un autre remède que le timbre. Si, au lieu de cette mesure fiscale, MM. de Riancey et Coquerel avaient eu le courage de demander que les futures productions de l'esprit fussent soumises à la censure, ils eussent été alors les véritables champions de la morale publique, tandis qu'ils n'ont pauvrement combattu que *pour le Trésor* et *contre l'esprit*, guerre doublement impie. Je sais bien que le mot *censure* est peu populaire en France, et qu'on risque en le prononçant de se faire lapider; mais si à à la censure absurde des vieux prêtres intolérants, on substituait celle d'hommes intelligents, comme MM. Hugo, Girardin, de Montalembert, car je veux des hommes pris dans tous les partis, qu'aurions-nous à craindre d'une pareille institution? Pour ma part je la mets infiniment au dessus du régime que la nouvelle loi fait à la littérature, et je la crois même très-conciliable avec la liberté de la pensée. Qu'est-ce, en effet, que la censure sainement exercée ? C'est ce que font tous les jours les critiques et le public, c'est-à-dire la renommée, les honneurs pour les belles choses, l'oubli et le dédain pour les œuvres impures. *Télémaque* et *Athalie* seront toujours admirés. La *Pucelle* de Voltaire n'est plus lue que par les calicots; Mme de Staël l'a qualifiée de crime de lèse-nation; le socialiste Toussenel est encore allé plus loin, et la vierge martyre est aujourd'hui vengée des injures de Voltaire. Voilà le jugement de l'esprit public.

Il est bien entendu qu'en réclamant la censure, je raisonne avec cette conviction profonde que l'émancipation de l'esprit humain est aujourd'hui un fait accompli qui s'opposerait à ce que, dans la composition d'un conseil de censure, la liberté de la pensée pût être méconnue.

Oui, je le répète, si vous teniez absolument à venir au secours de la morale publique, il fallait demander la censure, plutôt que cet impôt essentiellement béotien, injurieux pour le sentiment national, et contre lequel nous protestons de toutes nos forces. Quel ne sera pas l'étonnement des étrangers qui se feront expliquer la loi française, en apprenant que chez nous, pays de l'esprit, de l'intelligence, du progrès, la *pensée*, *uniquement la pensée*, vient d'être imposée comme les portes et les fenêtres, la cannelle et le coton.

Mais, me dira-t-on, c'est à tort que je m'adresse exclusivement à MM. de Riancey et Coquerel, car par suite de l'adoption de l'amendement par la majorité, ces messieurs disparaissent, et par conséquent je m'insurge contre l'Assemblée tout entière.

A cela, voici ma réponse :

Si jamais un pays a eu le droit d'être étonné de la manière dont ses lois s'élaborent, c'est bien la France. La Constitution s'est assez préoccupée de la façon dont les lois devraient être faites, et le mode qu'elle indique serait, au besoin, acceptable s'il s'exécutait fidèlement. Par malheur, cette même

Constitution, combinée avec le règlement de l'Assemblée, a permis une foule de subterfuges à l'aide desquels on la viole impunément tous les jours, sinon dans sa lettre, du moins dans son esprit. Ainsi, lorsqu'on discuta l'organisation du pouvoir législatif, il fut décidé qu'il n'y aurait qu'une seule Chambre au lieu de deux, et comme correctif, comme garantie contre toute surprise, que toute loi devrait être soumise à trois délibérations; en un mot, que pour vouloir irrévocablement, il faudrait avoir voulu trois fois. Mais, en même temps, on accorda à la Chambre et au ministère le droit de demander l'*urgence*, c'est-à-dire la possibilité, en certaines occasions, de ne soumettre une loi qu'à une seule délibération.

Eh bien, qu'est-il arrivé?... C'est que dans toutes les lois importantes, et notamment dans la loi sur la presse, l'urgence a été demandée et accordée. Par ce moyen, nos lois sont faites par une seule Chambre et votées sur une seule délibération, ce qui, n'en déplaise à nos législateurs, est une façon de travailler un peu trop rapide, surtout quand il s'agit d'un travail grave comme celui de légiférer, c'est-à-dire de trancher des questions épineuses et sans précédents, de résoudre les plus vastes problèmes. Il est vrai, dira-t-on, que la Chambre nomme une commission composée d'hommes spéciaux chargés d'examiner de près la question, et de venir au secours des membres de l'Assemblée qui ne saisiraient pas bien le but, la portée et les conséquences de la loi.

Cette commission va méditer dans le silence, et, son travail achevé, vient le présenter aux débats de la Chambre. Ce travail est une œuvre savante et raisonnée; mais par malheur elle ne tarde pas à perdre tous ces précieux avantages, grâce à cette fatale invention, qu'en style parlementaire on appelle *amendement*, c'est-à-dire la faculté laissée à tout membre de l'Assemblée de mettre un mot de sa façon dans la loi, de la faire statuer sur un point auquel la commission n'a pas songé ou sur lequel il n'y a nulle nécessité de statuer. C'est alors que les ténèbres succèdent à la lumière; la discussion se passionne et s'égare; le point fondamental de la loi se perd de vue; la Chambre, prise à l'improviste par des amendements tombés de la lune, les adopte, faute d'avoir le temps de trouver des motifs pour les repousser, *et vice versâ;* puis enfin, au bout de quelques jours, cette même Chambre est tout étonnée d'avoir fait une loi qui n'est ni l'œuvre du ministère, ni l'œuvre de la commission, et qui ne répond nullement aux besoins du pays. Voilà comment se font nos lois, et voilà enfin comment tel représentant aperçoit au *Moniteur*, converti en texte de loi, l'amendement que trois jours auparavant peut-être il a rêvé sur le pont de la Concorde.

Il n'y a rien d'exagéré dans mon récit, et, pour donner plus de poids à mes paroles, je cite textueltuellement un passage de la *Chronique de Paris*, n° du 1er août, ce spirituel et courageux journal auquel je ne reconnais d'autre tort que de paraître trop rarement :

« La loi de la presse? — Voilà une œuvre encore » plus informe. Ballottée longtemps par les vents » contraires de la discussion, faite à coups d'erreurs » avouées, de rectifications imposées, d'improvisa- » tions soudaines, de bouleversements inattendus,

» cette loi n'est plus, dans la rédaction adoptée, » l'expression de la pensée d'aucun pouvoir, d'au- » cun parti, d'aucune intention. Ce n'est ni ce que » voulait le ministère, ni ce que voulait la commis- » sion, ni ce que voulait la majorité, ni ce que dési- » rait l'opposition, qui a cependant apporté sa pierre » à l'édifice. Tels ont voté ensemble un amende- » ment, qui poursuivaient des buts tout à fait op- » posés. Voici un orateur qui vous avoue franche- » ment qu'en appuyant cet amendement, il a voulu » tuer le journalisme. Écoutez, à côté de lui, » ces représentants qui ont adopté ce même amen- » dement : ils vous déclarent qu'ils se proposaient » de fortifier, de moraliser et de relever le journa- » lisme.

» J'ai entendu vingt fois depuis quinze jours ces » choquantes contradictions. J'ai assisté à ces étran- » ges querelles, sur le moyen et sur les effets, entre » ceux dont les bulletins semblables s'étaient ren- » contrés dans l'urne.

» Est-ce tout ? Non. Voici qui n'est pas moins » curieux.

« La loi sur la presse réalise ce fait exceptionnel, » sans exemple jusqu'à présent, d'une loi dont la » plus dure disposition y a été introduite par ses » adversaires les plus prononcés. La Montagne, en » votant l'amendement de M. de Tinguy, a fait le » sort de la loi. Sans la Montagne, qui avait voulu, » en faisant entrer dans la loi une prescription ou » excessivement gênante ou profondément ridicule, » irriter plus de ressentiments contre elle pour le » moment du scrutin définitif, cet amendement n'é- » tait pas adopté. Sans cet amendement, qui a ral- » lié, à la suite de M. de la Boulie, la plupart des » membres de la droite, hostiles aux mesures fis- » cales qu'il s'agissait de rétablir, la loi ne passait » pas. »

La loi de haine, tel a été le nom donné par le journalisme à l'œuvre de la Chambre. Ce mot est bien dur et pourtant il est mérité; car enfin, il faut en convenir, la Chambre, en faisant au journalisme un avenir aussi dur, a mis le comble à l'ingratitude. Messieurs les représentants ont eu le tort d'oublier que c'est le journalisme qui les a tous grandis.

Je ne voudrais pas qu'on se méprît un seul instant sur le sens de mes paroles. Plus que personne je respecte l'Assemblée législative, je m'incline avec respect devant ses décisions, mais je soutiens que si au lieu de voter de suite l'amendement présenté par M. de Riancey, l'Assemblée avait pu délibérer mûrement et en connaissance de cause, car elle compte parmi ses membres de très-honorables représentants qui peuvent ignorer les questions qui se rattachent au journalisme ; je soutiens, dis-je, que l'amendement de M. de Riancey eût été rejeté, et voilà pourquoi, malgré son adoption par la Chambre, je persiste à en faire peser toute la responsabilité sur son auteur.

Du reste, l'amendement de M. de Riancey conspire à lui seul contre le but que le ministère se proposait d'atteindre. Soyons francs. Que voulait-on, et qu'avait-on raison de vouloir? C'était mettre un terme au débordement insensé des idées et des systèmes auxquels, à l'éternelle honte de la France, le journalisme a donné le jour, et comme j'appelle les choses par leur nom, on voulait combattre *le socialisme.* Eh bien, le socialisme qui n'est pas *spé-*

cialement timbré va prendre la place du journal laissée blanche par la pauvre littérature. Les journaux socialistes, au lieu de faire accessoirement du socialisme dans des romans, vont à sa place faire expressément du socialisme, et sous peu nous allons voir se réveiller, plus violentes et plus audacieuses que jamais, des controverses passées de mode.

A ce premier danger, il faut en ajouter un second non moins grand. Le timbre sur les feuilletons, il n'y a nulle hyperbole à le dire, prive de leurs moyens d'existence une foule de jeunes gens. Avez-vous calculé le nombre des défections? Quelques-uns, j'en conviens, resteront fidèles à la cause de l'ordre, mais il en est aussi qui vont passer à l'ennemi avec armes et bagages, et décocher contre vous des traits destinés à vos adversaires.

Par la nouvelle loi sur la presse, la majorité s'aliène la jeunesse, et va prochainement voir surgir une nuée de ces *petits rhéteurs* que naguère encore M. de Montalembert désignait comme une des principales causes de nos fréquentes révolutions. Au lieu, en toute occasion, de froisser cette jeunesse, l'Assemblée législative devait au contraire l'attirer à elle. Si, dans sa croisade contre le socialisme, elle avait consenti à l'enrôler, il y a longtemps que la tête de ce monstre ornerait le sanctuaire de ses délibérations.

Ah! monsieur de Riancey, sans partager toutes vos idées religieuses, je déplore autant que vous le septicisme de notre siècle; mais, croyez-le bien, ce scepticisme n'est pas l'œuvre des romans. Il est à Paris des journaux tout en Dieu qui font plus de tort à la religion que les œuvres de M. Eugène Sue. Désireux que je suis de voir le bien succéder au mal qui règne en ce monde, j'écoute avec attention tout ce qui se dit; je lis tout ce qui s'écrit. Eh bien, franchement catholique comme vous l'êtes, conseillez à certains organes du parti auquel vous appartenez de cesser au plus vite la discussion maladroite qu'ils ont engagée sur les miracles. Dites à *l'Univers* et à *l'Ami de la Religion* que depuis trop longtemps et avec par trop de complaisance ils donnent la réplique au *National*, et lui fournissent l'occasion de déchaîner l'impiété philosophique contre les choses les plus saintes. Vous savez bien que le *National* croit à la moutarde blanche, mais qu'il ne croit pas à Jésus-Christ. N'entreprenez donc pas de le convertir, et laissez ce jeune voltairien mourir dans son impénitence finale. Il possède sur *l'Univers* un avantage, celui d'être très-répandu ; de sorte que personne n'ignore les plaisanteries qu'il a débitées sur la vierge de Rimini, tandis que fort peu de gens ont lu les réponses de *l'Univers*. Somme toute, il eût mieux valu que la question des miracles n'eût point été soulevée, car la religion a plus perdu que gagné dans cette dernière campagne.

La loi sur la presse est, dit-on, une nouvelle victoire du grand parti de l'ordre. Je le souhaite de tout mon cœur, mais je crains bien que de pareilles victoires ne ressemblent à celles que Pyrrhus autrefois remporta contre les Romains.

IMPRIMERIE DE NAPOLÉON CHAIX ET Ce, RUE BERGÈRE, 20.

www.ingramcontent.com/pod-product-compliance
Ingram Content Group UK Ltd.
Pitfield, Milton Keynes, MK11 3LW, UK
UKHW020512180726
13839UKWH00005B/2028

9 782329 165141